Instrucciones
para que el hipopótamo
duerma solo

Instrucciones para que el hipopótamo duerma solo
ISBN: 978-607-9344-33-7
1ª edición: mayo de 2014

© 2012 by Nilda Lacabe
© 2012 de las ilustraciones by Sebastián Infantino
© 2012 by EDICIONES URANO, S.A., Argentina.
Paracas 59 – C1275AFA – Ciudad de Buenos Aires

Edición: Anabel Jurado
Diseño Gráfico: Sergio Sandoval
Corrección: Claudia Bevacqua

Ediciones Urano México, S.A. de C.V.
Insurgentes Sur 1722, ofna. 301, Col. Florida
México, D.F., 01030, México.
www.uranitolibros.com
uranitomexico@edicionesurano.com

Nilda Lacabe

Instrucciones para que el hipopótamo duerma solo

Ilustraciones: Sebastián Infantino

URANITO EDITORES

ARGENTINA - COLOMBIA - CHILE - ESPAÑA - ESTADOS UNIDOS
MÉXICO - PERÚ - URUGUAY - VENEZUELA

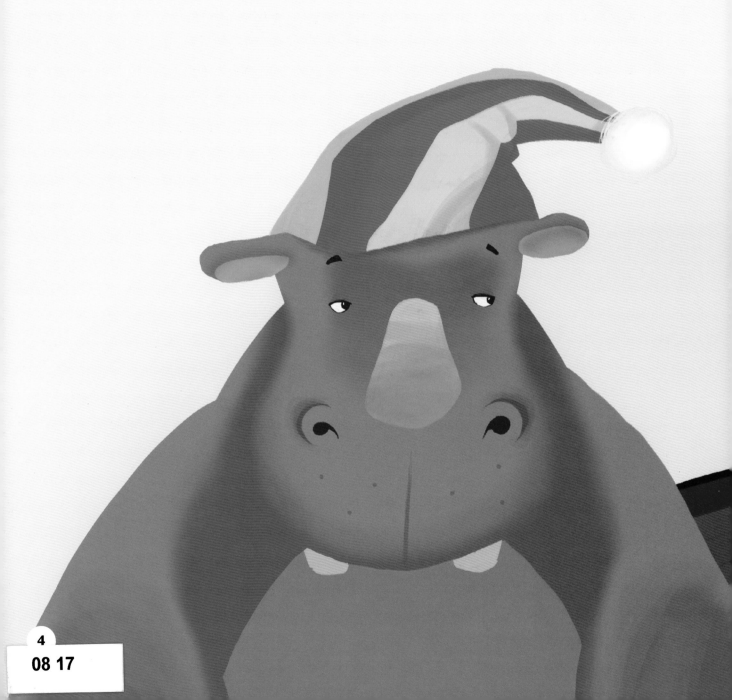

INTRODUCCIÓN:

CUANDO UNO YA ES LO SUFICIENTEMENTE GRANDE COMO PARA QUERER DORMIR SOLO EN SU CAMA POR LA NOCHE, ES UN GRAN PROBLEMA TENER EN CASA UN HIPOPÓTAMO QUE, COMO TODA BUENA MASCOTA, QUIERE DORMIR CON SU DUEÑO. SI ESTE ES TU CASO, PRESTA ATENCIÓN A LAS INSTRUCCIONES QUE APARECERÁN EN ESTE LIBRO.

ELEMENTOS:

PARA PODER SEGUIR ESTAS INSTRUCCIONES,
SON NECESARIOS LOS SIGUIENTES ELEMENTOS:

UNA CAMA.

UNAS BUENAS EXPLICACIONES ACERCA DE
"POR QUÉ DORMIR SOLO EN LA CAMA".

UN RINCÓN EN EL CUARTO CON UNA
COBIJA APROPIADA PARA UN HIPOPÓTAMO.

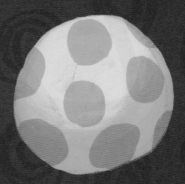

UNA PELOTA APROPIADA PARA QUE UN HIPOPÓTAMO TIRE PENALES.

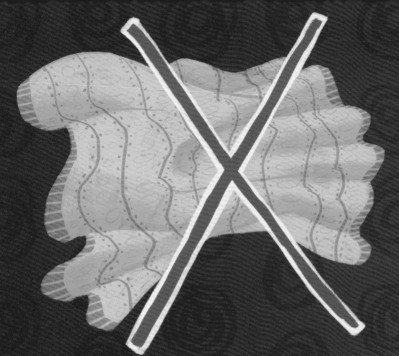

UNA COLCHA DIFERENTE
DE LA DE LA ABUELA.

ADEMÁS:

UN DESPERTADOR.

UNA BOLSA DE DORMIR.

UNA ABUELA QUE NO SOPORTE
DORMIR CON HIPOPÓTAMOS.

Y LO PRINCIPAL: UN HIPOPÓTAMO
MASCOTA QUE SIEMPRE QUIERA
DORMIR ABRAZADO.

INSTRUCCIONES:

1 COMO PRIMER INTENTO, TIENES QUE TRATAR DE SENTAR AL HIPOPÓTAMO EN EL BORDE DE LA CAMA PARA EXPLICARLE QUE, CUANDO UNO TIENE LA EDAD SUFICIENTE, ES CONVENIENTE QUE DUERMA SOLO EN SU COBIJA POR VARIAS RAZONES, PERO SOBRE TODO PORQUE EL LUGAR NO ALCANZA PARA LOS DOS.

2 SI EN ESE MOMENTO LA MASCOTA SE PONE A LLORAR (PORQUE LOS HIPOPÓTAMOS TIENEN MIEDO A LOS DUENDES DE LA NOCHE), ES CONVENIENTE QUE LE EXPLIQUES QUE LOS DUENDES NO EXISTEN.

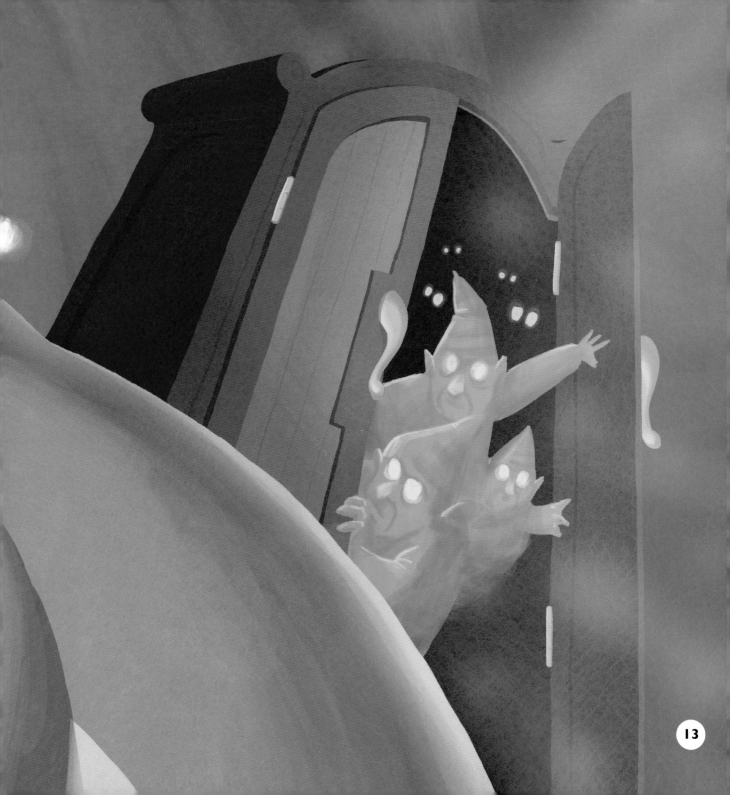

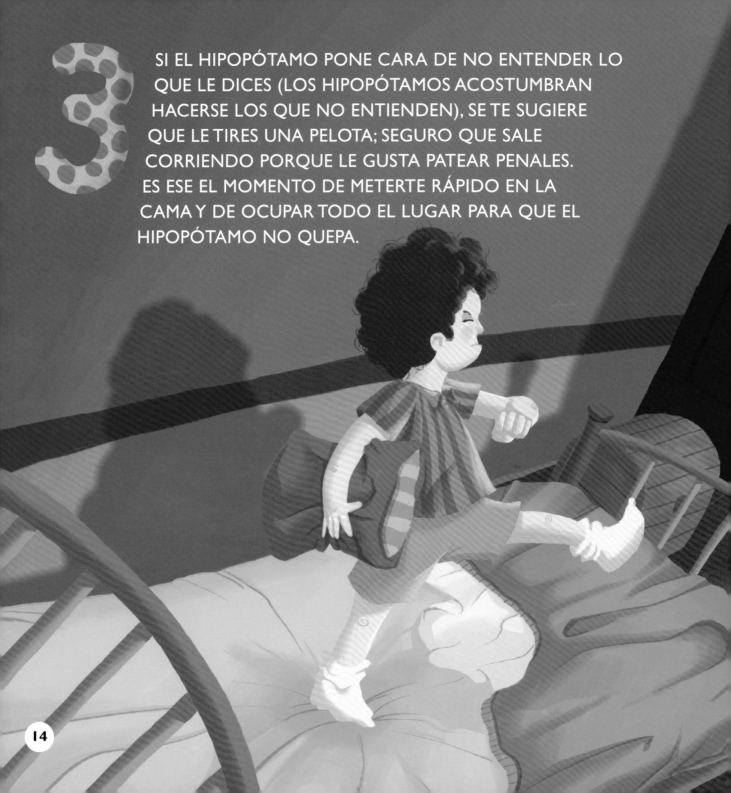

3 SI EL HIPOPÓTAMO PONE CARA DE NO ENTENDER LO QUE LE DICES (LOS HIPOPÓTAMOS ACOSTUMBRAN HACERSE LOS QUE NO ENTIENDEN), SE TE SUGIERE QUE LE TIRES UNA PELOTA; SEGURO QUE SALE CORRIENDO PORQUE LE GUSTA PATEAR PENALES. ES ESE EL MOMENTO DE METERTE RÁPIDO EN LA CAMA Y DE OCUPAR TODO EL LUGAR PARA QUE EL HIPOPÓTAMO NO QUEPA.

15

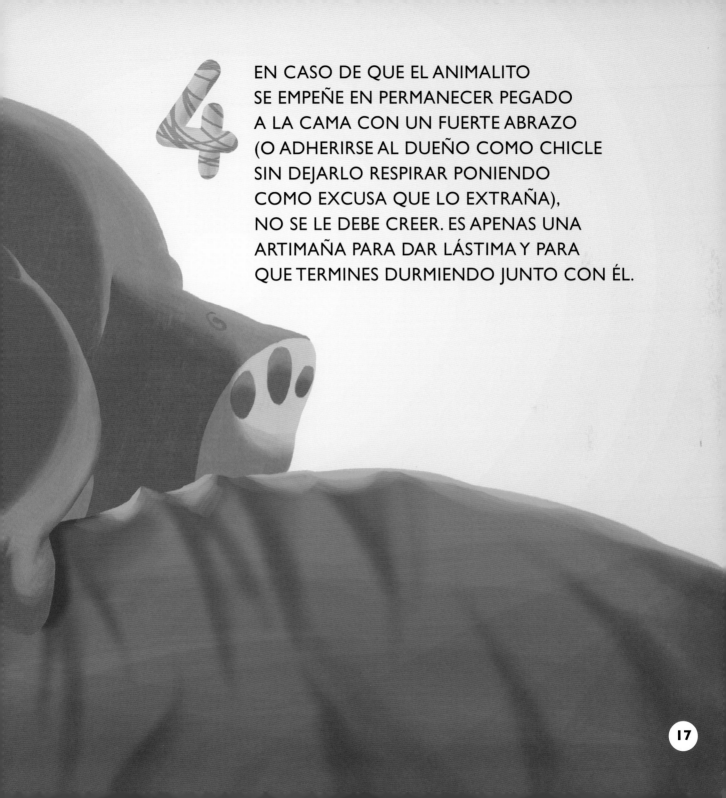

4 EN CASO DE QUE EL ANIMALITO
SE EMPEÑE EN PERMANECER PEGADO
A LA CAMA CON UN FUERTE ABRAZO
(O ADHERIRSE AL DUEÑO COMO CHICLE
SIN DEJARLO RESPIRAR PONIENDO
COMO EXCUSA QUE LO EXTRAÑA),
NO SE LE DEBE CREER. ES APENAS UNA
ARTIMAÑA PARA DAR LÁSTIMA Y PARA
QUE TERMINES DURMIENDO JUNTO CON ÉL.

5 SI DESPUÉS DE DECIRLE, SE DUERMEN CADA UNO EN SU LUGAR Y AL RATO ÉL SE DESPIERTA PIDIENDO UN LUGARCITO PORQUE TUVO UNA PESADILLA, HAY QUE RECORDAR QUE LAS ÚNICAS PESADILLAS QUE TIENEN LOS HIPOPÓTAMOS SON POR HAMBRE, Y TIENES QUE OFRECERLE ALGO PARA COMER.

SI A MEDIANOCHE UNA SIRENA FUERTE SUENA
EN LA OREJA DEL DUEÑO Y UNA SOSPECHOSA VOZ
DE HIPOPÓTAMO GRITA: "¡INCENDIO! ¡INCENDIO!",
NO HAY QUE ENGAÑARSE: EL FIN DE LOS GRITOS
ES QUE UNO SALGA CORRIENDO Y DEJE LA CAMA
CALIENTITA Y VACÍA.

7

SI EL HIPOPÓTAMO ENTIENDE QUE SIGUE SIN LUGAR EN LA CAMA Y DECIDE ACOSTARSE IGUAL ARRIBA DE TI, SE TE ACONSEJA QUE QUITES LA COLCHA DE LA CAMA, QUE LA PONGAS EN LA CAMA DE LA ABUELA Y TE ACUESTES ALLÍ A DORMIR SIMULANDO ESTAR EN SU CAMA Y EN EL TERCER SUEÑO. CUANDO EL HIPOPÓTAMO ESTÉ CONVENCIDO DE QUE ESTÁ DURMIENDO EN LA CAMA DE SIEMPRE, HAY QUE

SALIR DESPACITO SIN HACER RUIDO Y METERSE
EN LA CAMA PROPIA PARA DORMIR LO MÁS
A GUSTO.

8 SI A MEDIANOCHE LA ABUELA NO SOPORTA
LA COMPAÑÍA DE LA NOBLE BESTIA, LO LEVANTA
DE LA CAMA Y LO DEJA FUERA DE SU DORMITORIO,
ES PROBABLE QUE EL HIPOPÓTAMO SE DESPIERTE Y VUELVA
A RECLAMAR SU LUGAR. ES ACONSEJABLE ENTONCES
QUE USES EL TRUCO DEL DESPERTADOR, O SEA...

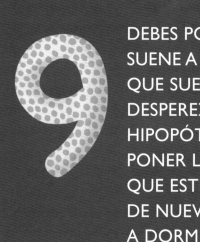

9 DEBES PONER EL DESPERTADOR DEL PADRE PARA QUE SUENE A LOS CINCO MINUTOS. EN EL MOMENTO EN QUE SUENE, HAY QUE SIMULAR QUE ES DE MAÑANA, DESPEREZARSE, IR AL BAÑO... (SEGURO DE QUE EL HIPOPÓTAMO MIRA DE REOJO). A CONTINUACIÓN, DEBES PONER LECHE EN EL PLATO DE LA MASCOTA, Y UNA VEZ QUE ESTÉ DESAYUNANDO, TIENES QUE SALIR CORRIENDO DE NUEVO, ENCERRARTE EN EL CUARTO Y VOLVER A DORMIR COMO SI NADA.

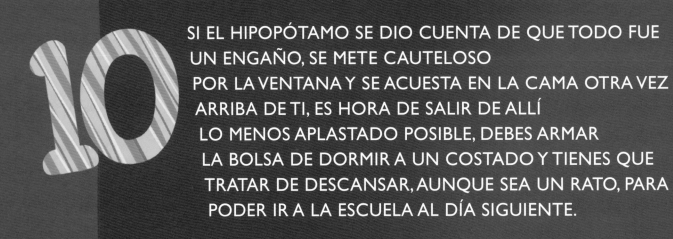

10 SI EL HIPOPÓTAMO SE DIO CUENTA DE QUE TODO FUE UN ENGAÑO, SE METE CAUTELOSO POR LA VENTANA Y SE ACUESTA EN LA CAMA OTRA VEZ ARRIBA DE TI, ES HORA DE SALIR DE ALLÍ LO MENOS APLASTADO POSIBLE, DEBES ARMAR LA BOLSA DE DORMIR A UN COSTADO Y TIENES QUE TRATAR DE DESCANSAR, AUNQUE SEA UN RATO, PARA PODER IR A LA ESCUELA AL DÍA SIGUIENTE.

CONCLUSIÓN:

LOGRAR QUE UN HIPOPÓTAMO DUERMA
ÚNICAMENTE EN SU CAMA ES UN ASUNTO,
EN VERDAD, MUY DIFÍCIL, EN ESPECIAL CUANDO
TE ENCUENTRAS CON UN ANIMAL TAN INSISTENTE.